きもだめし☆攻《こう》略《りゃく》作《さく》戦《せん》

野泉マヤ・作
狩野富貴子・絵

一　わたしはこわがりや

「ただいまあ」

玄関《げんかん》に入《はい》るとほっとする。やっと安全《あんぜん》なところまで来《き》たって感《かん》じ。

わたしは懐中電灯《かいちゅうでんとう》のスイッチを切《き》った。気《き》がつくと、手《て》がじっとり汗《あせ》ばんでいた。暑《あつ》いからというよりも、こわかったからだ。

だって、まだどきどきしてる。

「おかえり」

ママは台所《だいどころ》で洗《あら》いものをしていた。パパも帰《かえ》っていて、夕《ゆう》ごはんを食《た》べていた。

リビングはいいところだなあとしみじみ思《おも》う。明《あか》るくてすずしくて、テレビがあってにぎやかで。むし暑《あつ》くてくらーい外《そと》とは別世界《べっせかい》だ。

「きょうはどこまで行《い》ってきたんだ？」

「コンビニの先《さき》のバス停《てい》」

わたしは懐中電灯《かいちゅうでんとう》を戸《と》だなにおしこみながら答《こた》えた。

するとパパが、からかうようにいった。

「表通《おもてどお》りに行《い》ってくるなら、懐中電灯《かいちゅうでんとう》はいらないだろう？」

「コンビニのところって、たばこすってる高校生《こうこうせい》とかいるんじゃない？

べつの道《みち》にしたら？」

ママも麦茶《むぎちゃ》を運《はこ》んできながらそういった。

「でも、べつの道《みち》って、どこも暗《くら》くて……」

するとパパがわらいだした。

「あはははっ。その暗《くら》い道《みち》を歩《ある》く練習《れんしゅう》じゃなかったのか？」

「だって、きのうはじめたばかりだよ。すこしずつ慣《な》れるの」

「栞《しおり》は、人一倍《ひといちばい》こわがりだものね」

とママもわらってる。

これでもせいいっぱいやっているのに。わたしはちょっぴり口《くち》をとがらせた。そして、急《きゅう》に居心地《いごこち》の悪《わる》くなったリビングから、自分《じぶん》の部屋《へや》へにげこんだ。

もともとわたしは、すごいこわがりや。今《いま》まで、夜《よる》ひとりで外《そと》に出《で》たことなんてない。どんなに夢中《むちゅう》で遊《あそ》んでいても、夕方暗《ゆうがたくら》くなる前《まえ》にはかならず帰《かえ》る。寝《ね》るときも、電気《でんき》はつけっぱなし。あとからママに消《け》してもらう。

もちろん、テレビのこわい番組《ばんぐみ》も見《み》れない。とくに夏《なつ》のあいだは、ゆだんするとたいへんなことになってしまう。だからテレビのリモコンはいつもそばにおいて、番組《ばんぐみ》がこわそうなふんいきになったら、すぐ、チヤンネルをかえなきゃならない。

パパは「ひとりっ子《こ》で、競争心《きょうそうしん》がないからだ」っていうけど、とにかくこわいのはいや。


ところがそんなわたしに、衝撃《しょうげき》の事実《じじつ》が知《し》らされた。

それはきのうの帰《かえ》りの会《かい》で、担任《たんにん》の先生《せんせい》がいったことだった。

「五年生《ねんせい》の恒例《こうれい》になっている学校合宿《がっこうがっしゅく》で、なんと今年《ことし》は、六年《ねん》ぶりにきもだめしが復活《ふっかつ》しまーす！」

「イエーイ！」

「えーっ？」

教室《きょうしつ》にいろんな意味《いみ》の声《こえ》がわきあがるなか、わたしの頭《あたま》はまっ白《しろ》になった。夜《よる》の学校《がっこう》に泊《と》まるだけでもこわいのに……。

「ＰＴＡ会長《ピーティーエーかいちょう》さんでもあるエリカさんのお父《とう》さんが、みんなに楽《たの》しい

思《おも》い出《で》ができるようにって、提案《ていあん》してくれたんです。会長《かいちょう》さんは、自分《じぶん》からお化《ば》けになって、みんなをこわがらせるぞーっとはりきっていました」

先生《せんせい》が両手《りょうて》をだらんとさせてお化《ば》けのかっこうをした。わたしは涙《なみだ》がでてきた。エリカちゃんのお父《とう》さん、そんなにはりきらないでください。

このときわたしは、合宿《がっしゅく》の朝《あさ》、どうすれば病気《びょうき》になれるかを考《かんが》えはじめた。エアコンの温度《おんど》をおもいっきり下《さ》げてかぜをひくとか、アイスをいっぱい食《た》べておなかをこわすとか。そうすると、みんなが合宿《がっしゅく》している間《あいだ》、わたしは家《いえ》でひとりぼっち。二学期《がっき》になってみんなが合宿《がっしゅく》の話《はなし》をしていても、わたしだけ話《はなし》に入《はい》れない……。

やっぱり、そんなのはいやだ。

それでいろいろとなやんだわたしは、練習《れんしゅう》をすることにした。暗《くら》いところに慣《な》れる練習《れんしゅう》。すこしずつでも努力《どりょく》すれば、きもだめしだってなんとかなる。「素直《すなお》にがんばるところが、栞《しおり》さんのいいところね」って、先生《せんせい》にもいわれたことがある。

でもパパとママにわらわれて、なんかやる気《き》なくすなあ。わかってくれるきょうだいもいないし。どうしよう、きもだめし……。

次《つぎ》の日《ひ》もわたしは、懐中電灯《かいちゅうでんとう》をにぎりしめて練習《れんしゅう》をした。とにかくつづけてみよう。でもやっぱり暗《くら》いわき道《みち》に行《い》けなくて、きのうと同《おな》じ明《あか》るい表通《おもてどお》りを歩《ある》いた。今夜《こんや》は風《かぜ》もなくて、きのうよりもむし暑《あつ》い。

そしてコンビニまで来《き》たとき、駐車場《ちゅうしゃじょう》のすみに大《おお》きなバイクが見《み》えた。そこには高校生《こうこうせい》っぽいお兄《にい》さんたちが三、四人《にん》いて、しゃべったり、ときどきわらったりしている。たばこ、すってるのかなと気《き》になって、わたしはお兄《にい》さんたちの顔《かお》のあたりを見《み》た。

すると、偶然《ぐうぜん》ひとりと目《め》が合《あ》ってしまった。バイクに寄《よ》りかかっているいちばんこわそうな人《ひと》だ。ぎくっとして、わたしはあわてててちがう方《ほう》を見《み》た。それなのに、なんとなくあの人《ひと》たちの視線《しせん》を感《かん》じる。顔《かお》おぼえられたらどうしよう。わたしはさりげなくその場《ば》からにげだそうと、通《とお》りの反対側《はんたいがわ》にわたった。そして商店街《しょうてんがい》の、店《みせ》と店《みせ》の間《あいだ》のわき道《みち》に入《はい》った。

うわっ、まっ暗《くら》。入《はい》ったとたんに足《あし》がすくんだ。奥《おく》へ行《い》くほどせまくなるみたい。灰色《はいいろ》の塀《へい》にはさまれて、なんだか息苦《いきぐる》しい。このあたりの家《いえ》はどうして電気《でんき》をつけないのかな？　それに、テレビの音《おと》もなにも聞《き》こえない。ひょっとして住《す》んでないのかな、だれも。そういう家《いえ》には幽《ゆう》霊《れい》が集《あつ》まるって、だれかがいってたような……。なんか急《きゅう》に背《せ》すじがぞくっとした。

ひきかえそうかな。でも、あのこわそうな高校生《こうこうせい》がまちぶせしてるかも……。そっちもこわい。どうしよう。

とにかくわたしは走《はし》りだした。一気《いっき》に走《はし》りぬければいいんだ。

すると目《め》の前《まえ》に、いきなり黒《くろ》いものがあらわれた。

ギキキキーッ、ズザッ。

「きゃあーっ！」

びっくりして立《た》ち止《ど》まったわたしの上《うえ》から、

「あっぶないなあ！」

と、おこったような声《こえ》がふってきた。

「ひくかと思《おも》った……」

男《おとこ》の人《ひと》の声《こえ》。ふううっと深呼吸《しんこきゅう》しているのが聞《き》こえる。

おそるおそる目《め》をあけると、そこには自転車《じてんしゃ》にまたがったお兄《にい》さんがいた。一瞬《いっしゅん》、さっきの高校生《こうこうせい》かと思《おも》ったけど、校章《こうしょう》もきちっとつけているから、きっとちがう高校生《こうこうせい》だ。

「ごめんなさい」

わたしはとにかくあやまった。するとそのお兄《にい》さんは自転車《じてんしゃ》からおり、わたしの顔《かお》をのぞきこむようなかっこうをした。

「だいじょうぶ？　なんで急《きゅう》に飛《と》びだしてきたの」

眼鏡《めがね》をかけていて細長《ほそなが》い顔《かお》で、思《おも》ったよりもやさしそうだ。

「こわかったんです」

するとお兄《にい》さんは、急《きゅう》にわらいだした。

「こわかったって、なにが？　こわいのはきみだよ。懐中電灯《かいちゅうでんとう》は足《あし》もとを照《て》らすもんだろ」

びっくりして両手《りょうて》でにぎりしめた懐中電灯《かいちゅうでんとう》が、いつのまにか自分《じぶん》の顔《かお》をライトアップしていた。まぬけなお化《ば》け役《やく》みたいに。はずかしくて、わたしは肩《かた》をすぼめた。でもお兄《にい》さんは、今度《こんど》はまじめな顔《かお》でいった。

「家《うち》どこ？　ああ、あっち？　ぼくの家《うち》もむこうだからいっしょに行《い》こうか」

暗《くら》くてよくわからないけど、このお兄《にい》さんが親切《しんせつ》でいい人《ひと》だってことだけは感《かん》じられた。だからちょっと安心《あんしん》して、きもだめしのことも自分《じぶん》がこわがりなことも話《はな》した。お兄《にい》さんは自転車《じてんしゃ》を転《ころ》がしながら、ちゃんと話《はなし》を聞《き》いてくれて、わたしの家《いえ》までいっしょに歩《ある》いてくれた。

「だいじょうぶだよ。つづけていればそのうち慣《な》れるさ。じゃ、がんばれよ。ヨルレン」

お兄《にい》さんはそういうと、ひらりと自転車《じてんしゃ》にまたがり、あっという間《ま》に暗《くら》やみの中《なか》に消《き》えてしまった。

わたしにも、あんなお兄《にい》さんがいたらいいのになあ。やさしくてたよりになるお兄《にい》さん。ヨルレンしててよかったな、とはじめて思《おも》えた。

二　もうひとつの事実《じじつ》

ところが次《つぎ》の日《ひ》、わたしはもうひとつ衝撃《しょうげき》の事実《じじつ》を知《し》ってしまった。

それは放課後《ほうかご》のことだった。

帰《かえ》ろうとしたら外《そと》が暗《くら》くなってきて、雷《かみなり》が鳴《な》りはじめた。雨《あめ》も降《ふ》ってきたので、わたしは教室《きょうしつ》にもどり自由帳《じゆうちょう》をだして絵《え》を描《か》きはじめた。そこへ、カナちゃんとリサちゃんが廊下《ろうか》から飛《と》びこんできた。

「ねぇ、しおちゃんは知《し》ってた？」

「なにが？」

「学校合宿《がっこうがっしゅく》のきもだめしが封印《ふういん》された理由《りゆう》」

「フウイン？」

「きもだめしが六年《ねん》ぶりに復活《ふっかつ》するって、先生《せんせい》いってたでしょ。六年前《ねんまえ》、きもだめしはやってはいけないことになったんだよ」

「なんで？」

「やっぱり、しおちゃんも知《し》らなかったね」

カナちゃんとリサちゃんは顔《かお》を見合《みあ》わせて、意味《いみ》ありな表情《ひょうじょう》をした。

じゃあ教《おし》えてあげなきゃ、みたいな感《かん》じ。

いやな予感《よかん》。

「あのね、出《で》たんだって。本物《ほんもの》の幽霊《ゆうれい》」

窓《まど》の外《そと》でいなづまが光《ひか》った。わたし自身《じしん》も電気《でんき》ショックを受《う》けた気分《きぶん》。

本物《ほんもの》の幽霊《ゆうれい》なんて、そんなの反則《はんそく》だ！

グォロゴロゴロゴロ……。

雷《かみなり》がひびいている。カナちゃんは顔《かお》を近《ちか》づけてきてひそひそ声《ごえ》で話《はな》す。

「きもだめしやってるとき、本当《ほんとう》に幽霊《ゆうれい》が出《で》ちゃって、それを見《み》た女《おんな》の子《こ》がね、そのあと登校拒否《とうこうきょひ》になったんだって」

「……！」

心臓《しんぞう》がどきんどきんいってる。わたしは両手《りょうて》をほっぺたの上《うえ》まで持《も》っていった。いざというとき耳《みみ》をふさげるように。だけど、ついつづきを聞《き》いてしまう。

「その幽霊《ゆうれい》って、むかし、塩酸《えんさん》を飲《の》んで自殺《じさつ》した男《おとこ》の子《こ》なんだって」

「だから、理科室《りかしつ》に出《で》るらしいよ」

「それから、登校拒否《とうこうきょひ》になった女《おんな》の子《こ》は、名前《なまえ》のイニシャルがS《エス》で、乙《おと》女座《めざ》でA型《エーがた》だって」

「わたし血液型《けつえきがた》が同《おな》じ。ねぇ、みっつ同《おな》じ人《ひと》っているかな？」

とリサちゃんがいった。わたしはイニシャルがS《エス》で、乙女座《おとめざ》。やだっ、ふたつもいっしょだ。先生《せんせい》はこのこと知《し》ってるのかな？　本物《ほんもの》の幽霊《ゆうれい》が出《で》て、それで登校拒否《とうこうきょひ》になった人《ひと》がいるなら、きもだめしは今年《ことし》もやめたほうがいいと思《おも》う。

わたしがふたりにそういおうとしたとき、ちょうど翔子《しょうこ》とエリカちゃんが教室《きょうしつ》に入《はい》ってきた。するとカナちゃんとリサちゃんは、ふたりを見《み》つけ、今度《こんど》はそちらの方《ほう》へいってしまった。

「翔子《しょうこ》ちゃんは知《し》ってた？」

「エリカちゃん、知《し》ってた？」

「え、なに？」

「なにが？」

「きもだめしが封印《ふういん》された理由《りゆう》」

ピカッ！　ガランガランガランガラン。

一瞬《いっしゅん》、教室《きょうしつ》がまっ白《しろ》になって、地《じ》ひびきがした。すごい雷《かみなり》。でもそれがおさまると、カナちゃんとリサちゃんのひそひそ話《ばなし》が、また最初《さいしょ》からはじまった。

「それで、先生《せんせい》には話《はな》したの？」

きのうのお兄《にい》さんとわたしは、バス停《てい》のベンチにこしかけていた。夕《ゆう》立《だち》のあとで、ちょっとだけすずしい風《かぜ》がふいてくる。表通《おもてどお》りの商店街《しょうてんがい》はシャッターがおりていて、仕事《しごと》から帰《かえ》る人《ひと》たちがわたしたちの前《まえ》を通《とお》っていく。

放課後《ほうかご》のことはショックだった。でも、とりあえずヨルレンをしていたら、お兄《にい》さんにばったり会《あ》った。そしてあの話《はなし》を聞《き》いてもらっていた。

「うん。でも、先生《せんせい》は『学校《がっこう》には、幽霊話《ゆうれいばなし》がつきものなのよ』ってわらってた」

「それはそうだな。うちの高校《こうこう》にも幽霊《ゆうれい》のうわさあるよ。たとえば……」

「ああっ、だめ！　わたしムリ」

わたしは両手《りょうて》で耳《みみ》をふさぎ、頭《あたま》を左右《さゆう》にふった。

「わかった、わかった。栞《しおり》ちゃんはそうとうなこわがりだね」

「だってこわいもん。なんで幽霊《ゆうれい》なんかいるの？　幽霊《ゆうれい》なんてだいっきらい。気持《きも》ち悪《わる》いし、不気味《ぶきみ》だし、もう、幽霊《ゆうれい》なんかいなくなればいいのに！」

わたしはおもいきり幽霊《ゆうれい》の文句《もんく》をいった。

「登校拒否《とうこうきょひ》になっちゃったらどうしよう。やっぱり、合宿休《がっしゅくやす》もうかな……」

わたしはうつむいて、ベンチの下《した》の足《あし》をぶらぶらさせた。お兄《にい》さんも「うーん」とこまったような声《こえ》をだしたきりだまってしまった。

お兄《にい》さんの名前《なまえ》は航《わたる》さんという。高校《こうこう》では科学部《かがくぶ》に入《はい》っていて、今《いま》は文化祭《ぶんかさい》のために太陽《たいよう》の光《ひかり》で動《うご》くソーラーカーを作《つく》っているんだって。それで帰《かえ》りがおそいらしい。

わたしたちがじっとだまっているあいだ、表通《おもてどお》りを車《くるま》が何台《なんだい》か通《とお》り過《す》

5

ぎていった。ある車《くるま》に乗《の》っていた女《おんな》の子《こ》が、こっちを見《み》たような気《き》がしたけど、だれなのかはわからなかった。

やがて航《わたる》さんが、ゆっくりと話《はな》しはじめた。

「ぼく、じつは前《まえ》から考《かんが》えてたことがあるんだ。幽霊《ゆうれい》について」

わたしは顔《かお》を上《あ》げて航《わたる》さんを見《み》た。眼鏡《めがね》の奥《おく》のやさしそうな目《め》が、かっこいいくらい真剣《しんけん》だ。街灯《がいとう》に照《て》らされた航《わたる》さんの顔《かお》は、ひな人形《にんぎょう》のおだいりさまみたいに色白《いろじろ》で、りりしく見《み》えた。

「それができそうかどうか、ひとばん考《かんが》えてみるよ。もしうまくいけば、栞《しおり》ちゃん、合宿休《がっしゅくやす》まなくてもだいじょうぶだよ」

「それって、なに？」

「まだヒミツ。〈きもだめし攻略作戦《こうりゃくさくせん》〉とでも呼《よ》ぼうかな。あしたの夕《ゆう》方《がた》六時《じ》に、ここで待《ま》ち合《あ》わせてもいい？　そのとき話《はな》すよ」

わたしはもちろん、いいと答《こた》えた。航《わたる》さんは信用《しんよう》できる、と直感《ちょっかん》したからだ。航《わたる》さんは、パパやママみたいにわたしのヨルレンをからかったりしないし、先生《せんせい》みたいに無責任《むせきにん》な感《かん》じでもない。それになによりも、真剣《しんけん》に考《かんが》えてくれる。

わたしは、自転車《じてんしゃ》で帰《かえ》っていく航《わたる》さんにせいいっぱい手《て》をふった。

だけど、なんなんだろう？〈きもだめし攻略作戦《こうりゃくさくせん》〉て。

三　今度《こんど》はわたし？

次《つぎ》の日《ひ》は、終業式《しゅうぎょうしき》だった。

理科室《りかしつ》の幽霊《ゆうれい》のうわさは、もうすっかり広《ひろ》まっていた。そして「理科《りか》室《しつ》そうじの時《とき》、だれもいないはずの準備室《じゅんびしつ》から足音《あしおと》がした」とか「幽霊《ゆうれい》を見《み》て登校拒否《とうこうきょひ》になった子《こ》は、その後行方不明《ごゆくえふめい》になった」とか、一日《にち》じゅうかならずだれかが幽霊《ゆうれい》の話《はなし》をしていた。

そんな話《はなし》が聞《き》こえるたびに、わたしはびくびくしてしまって、もう、はやく帰《かえ》りたかった。

やっと、一学期最後《がっきさいご》のそうじも終《お》わって教室《きょうしつ》にもどると、クラスのほとんどの女子《じょし》が教卓《きょうたく》のまわりに集《あつ》まっていた。その中心《ちゅうしん》には翔子《しょうこ》が、先《せん》生《せい》みたいに立《た》っていた。

「お金《かね》は合宿《がっしゅく》の日《ひ》、わすれないでね」

どうやら、翔子《しょうこ》が除霊《じょれい》のお守《まも》りを買《か》いにいくので、ほしい人《ひと》には買《か》ってきてあげるといったらしい。

「一個《こ》五百円《えん》だって。しおちゃんはどうする？」

わたしもほしい、とカナちゃんに答《こた》えた。そして翔子《しょうこ》にもそういおうとしたら、そのまえに翔子《しょうこ》がこっちをむいた。

「栞《しおり》はいらないよね。幽霊《ゆうれい》なんて信《しん》じないでしょ、頭《あたま》いいから」

いきなり、空気砲《くうきほう》でも受《う》けた気《き》がした。それくらい翔子《しょうこ》の目《め》ぢからは強力《きょうりょく》で、声《こえ》にはいやみがたっぷりこめられていた。わたしは小《ちい》さい声《こえ》で「え？」というのがせいいっぱいだった。そんなわたしを無視《むし》して、翔子《しょうこ》は勝《か》ちほこったように話《はな》しはじめた。

「あたし見《み》ちゃった。栞《しおり》がね、高校生《こうこうせい》の男子《だんし》とデートしてたの。バス停《てい》のところで。しかも夜《よる》！」

みんなが「えーっ」といいながらいっせいにわたしを見《み》た。耳《みみ》の下《した》が熱《あつ》くなる……。

「やるじゃん、栞《しおり》」

とだれかがいった。わたしはあわてて理由《りゆう》を話《はな》そうとしたが、すばやく翔子《しょうこ》にさえぎられてしまった。

「頭《あたま》よすぎて、あたしたちとはつり合《あ》わないみたい。かれ氏《し》が修英高校《しゅうえいこうこう》だから」

すると「えー？」「ほんとー？」とみんながざわめいた。耳《みみ》の下《した》の熱《あつ》いものが顔中《かおじゅう》に広《ひろ》がっていく。

どうして翔子《しょうこ》がこんなことというの？　どうすればみんなの誤解《ごかい》がとけるの？　もうなにも考《かんが》えられない。パニックだ。でも、なにかいわなきゃ。みんな翔子《しょうこ》のいうことを信《しん》じてしまう……。

ところがそこへ先生《せんせい》がきたので、集《あつ》まっていた女子《じょし》は席《せき》に着《つ》き、帰《かえ》り

の会《かい》がはじまってしまった。一学期最後《がっきさいご》の先生《せんせい》の話《はなし》は、なにも覚《おぼ》えていない。耳《みみ》の奥《おく》がきーんとしていた。

今度《こんど》はわたしなんだ、と思《おも》った。翔子《しょうこ》がだれかを仲間《なかま》はずれにしようとするのは、これがはじめてじゃない。翔子《しょうこ》は、おしゃれで気《き》が強《つよ》くて目立《めだ》ちたがりやだ。どちらかというと苦手《にがて》なタイプ。でも、そんなことだれにもいったことはない。わたしは平和主義《へいわしゅぎ》だから、みんなと仲《なか》よくしていたい。

それでも、なにか翔子《しょうこ》の気《き》にさわるようなことといえば……、ポスターのことかな？　愛鳥週間《あいちょうしゅうかん》のポスターコンクールに、翔子《しょうこ》とわたしのが代表《だいひょう》で出《だ》されたけど、入賞《にゅうしょう》したのはわたしだけだった。あのとき翔子《しょうこ》は「栞《しおり》は先生《せんせい》に手伝《てつだ》ってもらった」といったらしい。それはうそだ。ぜんぶわたしひとりで描《か》いた。わたしは絵《え》を描《か》くのが大好《だいす》きだから、だれかに手伝《てつだ》ってもらうなんて、ぜったいしない。

それにしても、自分《じぶん》がターゲットになるってすごいショック。とってもとっても悲《かな》しい。

夕方《ゆうがた》、約束《やくそく》のバス停《てい》から航《わたる》さんの家《いえ》に着《つ》くまで、わたしはびくびくしていた。翔子《しょうこ》にあんなことをいわれたから、航《わたる》さんの家《いえ》に行《い》っていいのかどうかも迷《まよ》ってた。もしクラスのだれかに見《み》られたら、わたしは完全《かんぜん》に仲間《なかま》はずれになってしまう。

ところが航《わたる》さんの家《いえ》に着《つ》いたら、なんだかおどろきの連続《れんぞく》で、わたしのしずんだ気持《きも》ちもどこかへいってしまった。

航《わたる》さんは古《ふる》そうなアパートに住《す》んでいた。修英高校《しゅうえいこうこう》は家《いえ》から遠《とお》いので、親せき《しん》のアパートで、ひとり暮《ぐ》らしをしているんだって。ひとりだけで暮《く》らせるなんて、すごい。そして部屋《へや》を見《み》せられると、もっとびっくりだった。

まるで理科準備室《りかじゅんびしつ》。実験道具《じっけんどうぐ》みたいなものや機械《きかい》や部品《ぶひん》がいっぱい。接着剤《せっちゃくざい》みたいなつんとしたにおいがする。

「電子工作《でんしこうさく》が趣味《しゅみ》なんだ。ロボットを研究《けんきゅう》するのが夢《ゆめ》なんだよ」

航《わたる》さんはうれしそうにいった。わたしは、見《み》たこともない道具《どうぐ》や銀色《ぎんいろ》のこまかい部品《ぶひん》にかこまれ、正座《せいざ》するしかなかった。

「では、〈きもだめし攻略作戦《こうりゃくさくせん》〉について説明《せつめい》しよう」

航《わたる》さんはちょっと気《き》どってそういうと、画用紙《がようし》くらいの紙《かみ》をとりだした。

へんな絵《え》。縦《たて》と横《よこ》にそろった細《こま》かい線《せん》と記号《きごう》がびっしり。色《いろ》もぬられてない。だけど、こういうのどこかで見《み》たような気《き》もする。ずっとまえ、道路《どうろ》に落《お》ちてたような。

「作戦《さくせん》その一。幽霊《ゆうれい》がどこにいるかをはっきりさせる。これは幽霊探知《ゆうれいたんち》機《き》の設計図《せっけいず》だ」

幽霊探知機
出現ポイント走査アンテナ
回転式
平均磁場測定アンテナ
10cm
肩かけベルト
警告ブザー
LED警告ランプ
音量調節
0.013
平均磁場との変位数，および出現ポイントまでの距離表示
単位切換
電源スイッチ
表示切換
アンテナ自動回転
回路図1（LED警告ランプ）
50kΩ
2AS101
2SC281
cds
LED
5V
2SC172
60kΩ
cds
M
20pF
6V
回路図3（磁場測定）
2 3 4 5
6 7 8 9
200Ω
2SA101
10kΩ
2SC301
6V
300Ω
100μF
回路図4（警告ブザー）
20KΩ
30kΩ
cds
2SC501
5V

どこにいるかを、はっきり？

「そもそもこわいという感情《かんじょう》は、よくわからなくて不安《ふあん》になるってことなんだよ。それから幽霊《ゆうれい》がこわいっていうのは、思《おも》いこみもある。幽霊《ゆうれい》を見《み》つけて落《お》ちついて観察《かんさつ》すれば、つまり、どんな幽霊《ゆうれい》なのかがわかれば、そんなにこわくないと思《おも》うよ」

「こわいよ。幽霊《ゆうれい》が見《み》えたらこわいよ！」

わたしは航《わたる》さんに猛反発《もうはんぱつ》した。なんてことというんだろう？　幽霊《ゆうれい》を見《み》つけて観察《かんさつ》するなんて。信《しん》じられない。

すると航《わたる》さんは、わたしの反発《はんぱつ》にちょっとひるみながらも、よゆうな感《かん》じでもう一枚《まい》の紙《かみ》を広《ひろ》げた。

「ま、栞《しおり》ちゃんはそういうだろうと思《おも》って、こっちも考《かんが》えたよ。作戦《さくせん》その二。見《み》つけた幽霊《ゆうれい》を追《お》いはらう。これは除霊機《じょれいき》の設計図《せっけいず》」

「ジョレーキ？」

除霊機
かく乱波スイッチ
除霊波スイッチ
除霊波放出口
電源スイッチ
周波数表示
周波数調節ダイヤル
単位切換スイッチ
グリップ（手で持つ）
かく乱波放射板
10cm

「もし幽霊《ゆうれい》が見《み》えても、そこからいなくなればこわくないだろ」

「う、うん……」

でも、そんなことできるの？　そんなわたしに航《わたる》さんは説明《せつめい》をはじめた。

「幽霊《ゆうれい》というのは、一種《いっしゅ》のエネルギー体《たい》だといわれている。それで、幽《ゆう》霊《れい》が出現《しゅつげん》するとその空間《くうかん》にびみょうな磁場《じば》の乱《みだ》れが起《お》こるらしい。幽霊《ゆうれい》と出会《であ》ったときにぞくぞくするっていうのは、そのせいかもしれないね。だから、そのびみょうな磁場《じば》の乱《みだ》れをキャッチすれば、幽霊《ゆうれい》の居場所《いばしょ》がわかるんだよ」

もし航《わたる》さんが白衣《はくい》を着《き》ていたら、だれが見《み》ても研究所《けんきゅうじょ》の先生《せんせい》だ。『幽《ゆう》霊《れい》の科学《かがく》』とか『電磁波《でんじは》による怪奇現象《かいきげんしょう》』なんていう本《ほん》をとりだしながら、むずかしいことをぺらぺらとしゃべってる。

「除霊機《じょれいき》は、幽霊《ゆうれい》が出現《しゅつげん》している空間《くうかん》の磁場《じば》をかく乱《らん》する装置《そうち》なんだ。

つまり、居心地《いごこち》を悪《わる》くするんだよ。そして幽霊《ゆうれい》がいやがる電波《でんぱ》を放出《ほうしゅつ》する。さらに、悪魔《あくま》ばらいのお祈《いの》りやお経《きょう》などを分析《ぶんせき》して、それらに共通《きょうつう》する音《おと》の周波数《しゅうはすう》を割《わ》り出《だ》して……」

きょうの航《わたる》さんは、ほっぺたがピンク色《いろ》になるほどいきいきしてる。おとなしそうで落《お》ちついている航《わたる》さんとは、別人《べつじん》みたい。

でもわたしにはぜんぜん意味《いみ》がわからなくて、ただぼーっとしてた。

すると目《め》の前《まえ》で、青色《あおいろ》のものがとびはねたのではっとした。

それは、ふでばこくらいのウサギ型《がた》ロボットだった。カシャカシャいいながらはねまわっている。

「これはメカ・ラビット。小学生《しょうがくせい》のときに作《つく》ったんだ」

へぇーと感心《かんしん》するわたしに航《わたる》さんは、もうひとつのロボットをとりだした。

「こっちは中学生《ちゅうがくせい》のときの作品《さくひん》」

それは人間型《にんげんがた》のロボットだった。おもちゃコーナーのたたかうロボットほどかっこよくはなくて、銀色《ぎんいろ》の部品《ぶひん》や赤《あか》い線《せん》、黒《くろ》い線《せん》がむき出《だ》しになっている。

「設計《せっけい》からぜんぶひとりで作《つく》ったんだ。これを歩《ある》かせるの苦労《くろう》したよ。バランスをとるのがむずかしいんだ。だから、赤《あか》ちゃんが歩《ある》くところをなんどもなんどもようく観察《かんさつ》して、その動《うご》きをまねてみたら、うまくいったんだよ。じっくり観察《かんさつ》するってだいじだろ」

航《わたる》さんがスイッチをいれると、ヴィーンと小《ちい》さなモーターがうなりはじめた。右《みぎ》ひざの部分《ぶぶん》がゆっくり上《あ》がっていく。同時《どうじ》に両腕《りょううで》が開《ひら》き、片《かた》足《あし》で立《た》つためのバランスをとりはじめた。するとロボットがこきざみにふるえだしたので、わたしは思《おも》わず「がんばって！」と声《こえ》をかけた。いとこがまだ赤《あか》ちゃんのとき、こんな感《かん》じだった。このロボットもいっしょうけんめい歩《ある》こうとしている。

「これひとりで作《つく》ったなんて、すごーい」

わたしは心《こころ》から感動《かんどう》した。こんな人《ひと》もいるんだ。翔子《しょうこ》のいやがらせにくよくよしてた自分《じぶん》が、ちっぽけに思《おも》えてきた。

すると航《わたる》さんが、ちょっと照《て》れながらもにこにこ顔《がお》でいった。

「ぼくはこういうことが好《す》きだから、一週間《しゅうかん》もあれば、幽霊探知機《ゆうれいたんちき》と除霊機《じょれいき》は完成《かんせい》すると思《おも》う。これが、〈きもだめし攻略作戦《こうりゃくさくせん》〉さ」

きゅっとむすんだ航《わたる》さんの口《くち》もとは、自信《じしん》に満《み》ちていて、胸《むね》についている修英高校《しゅうえいこうこう》の校章《こうしょう》がきらりと光《ひか》った。

〈きもだめし攻略作戦《こうりゃくさくせん》〉。むずかしくてよくわからないけど、悪《わる》くないかも。というか、お守《まも》りもなくて、仲間《なかま》はずれのターゲットになったわたしには、この作戦《さくせん》しかたよるものがない。

航《わたる》さんを信《しん》じよう。きっと、きっとだいじょうぶ。

四　いよいよきもだめし

そして、とうとう学校合宿《がっこうがっしゅく》の日《ひ》がやってきた。

ところが、航《わたる》さんからはなんの連絡《れんらく》もない。できあがったら電話《でんわ》するっていってたのに。

お昼近《ひるちか》く、待《ま》ちきれずに航《わたる》さんのアパートをさがした。このまえはうす暗《ぐら》かったからはっきりとは覚《おぼ》えてないけれど、ここかなあと思《おも》うアパートを見《み》つけた。

でも、表札《ひょうさつ》に航《わたる》さんの名前《なまえ》はなく、大家《おおや》さんのおばさんにきいても、

「ワタルなんて人《ひと》はいないよ」

といわれた。このアパートじゃないんだ。だけどもう時間《じかん》がない。

午後《ごご》一時《じ》。学校合宿《がっこうがっしゅく》がはじまった。

五年生全員《ねんせいぜんいん》が集合《しゅうごう》し、日程確認《にっていかくにん》のあと材料《ざいりょう》の買《か》い出《だ》し。

わたしは、カナちゃんといっしょにスーパーへ行《い》くとちゅう、家《いえ》に寄《よ》ってみた。航《わたる》さんからの電話《でんわ》はまだだった。ママに、ずっと家《いえ》にいてねと念《ねん》をおした。

カレー作《づく》り開始《かいし》。火《ひ》おこし係《がかり》は校庭《こうてい》へ、野菜《やさい》を切《き》る係《かかり》は家庭科室《かていかしつ》へ。

ママからの連絡《れんらく》はまだない。

カレーができあがって、校庭《こうてい》でいただきまーす。カナちゃんは「おいしー。タマネギも食《た》べれた」と喜《よろこ》んでいるけど、わたしはそれどころじゃない。航《わたる》さんは、一週間《しゅうかん》で完成《かんせい》するっていったのになあ。

ごちそうさま。あとかたづけ。その後《ご》、体育館《たいいくかん》で夕《ゆう》べのつどい。

そして午後《ごご》七時《じ》。一階《かい》の家庭科室《かていかしつ》集合《しゅうごう》。

とうとうきもだめしが、はじまってしまう。

ＰＴＡ会長《ピーティーエーかいちょう》さんがルールをいいはじめる。

「ふたりひと組《くみ》になって東階段《ひがしかいだん》をのぼります。三階《がい》に行《い》ったら、図書室《としょしつ》、理科室《りかしつ》、五年《ねん》一組《くみ》、二組《くみ》、三組《くみ》の教室《きょうしつ》を通《とお》ります。最初《さいしょ》の図書室《としょしつ》では、テーブルの上《うえ》に封筒《ふうとう》が置《お》いてあるので、自分《じぶん》の名前《なまえ》をさがしてください。封筒《ふうとう》には〈指令《しれい》〉が入《はい》っているから、それを実行《じっこう》してください。ちゃんと実行《じっこう》できなかったときは、最初《さいしょ》からやり直《なお》しです。みんな、わかったかな？」

このときになって、わたしはたいへんなことに気《き》づいた。いっしょに組《く》むはずのツヨシくんが欠席《けっせき》だった。どうしたらいいのか、ＰＴＡ会《ピーティーエーかい》長《ちょう》さんにたずねると「順番《じゅんばん》をひとつずつずらせばいいだろう」といってくれた。

するとそこに翔子《しょうこ》があらわれて、

「順番《じゅんばん》はずらさないほうがいいです。組《く》む人《ひと》は前《まえ》から決《き》まっていて、いろいろうちあわせもしているんです。相手《あいて》の人《ひと》が欠席《けっせき》しても、それはそのペアの責任《せきにん》だから、ひとりで行《い》くしかないと思《おも》います」

といったのだ。翔子《しょうこ》はいつも以上《いじょう》におしゃれなワンピースを着《き》て、ヘアスタイルもきまっている。会長《かいちょう》さんにむかってきっぱりといいきるその姿《すがた》は、まるで、家来《けらい》に命令《めいれい》しているお姫《ひめ》さまみたいだ。

でも、なんかちがう。うちあわせしてるペアなんて、いないと思《おも》う。先生《せんせい》ができとうに決《き》めただけだもの。それに、ツヨシくんが欠席《けっせき》するなんて聞《き》いてなかったし、わたしの責任《せきにん》じゃない。

けれど翔子《しょうこ》のとなりにいるエリカちゃんも同《おな》じことをいった。

「だからね、パパ。順番《じゅんばん》ずらされるとみんながこまるの」

「しかしなあ、栞《しおり》ちゃんはひとりでだいじょうぶかなあ」

すると、すかさず翔子《しょうこ》がいった。

「だいじょうぶです。栞《しおり》さんはああ見《み》えても、気《き》が強《つよ》くて頭《あたま》もいいんです」

だ、だいじょうぶなわけないよ！　翔子《しょうこ》はわたしの前《まえ》に立《た》ちはだかり、わたしになにもいわせまいとしている。

「そうか、そうということなら、最初《さいしょ》の順番《じゅんばん》どおりでいこう。さ、みんなならんで」

会長《かいちょう》さんがそういうと、翔子《しょうこ》とエリカちゃんは顔《かお》を見合《みあ》わせ、にやっとわらった。

そんな……。がく然《ぜん》とするわたしのまわりで、みんなはぞろぞろと二列《れつ》にならびはじめる。わたしだけが、ひとり。やだ。ひとりじゃこわすぎる。おなかが、きりきりしてきた……。

そのとき、列《れつ》のうしろにいたカナちゃんが、

「しおちゃん、わたしのお守《まも》り貸《か》してあげる」

といって、むらさき色《いろ》の布袋《ぬのぶくろ》をさしだしてくれた。

しかし、列《れつ》の前《まえ》の前《まえ》にいた地獄耳《じごくみみ》の翔子《しょうこ》がふりかえり、

「あ、そのお守《まも》り、ひとりひとり名前《なまえ》いれてもらったから、べつの人《ひと》が持《も》っててもきかないと思《おも》うけど」

といった。勝手《かって》にそんなことしたら、ゆるさないよって感《かん》じだ。それでカナちゃんは、気《き》まずそうに「そうなの？」といってお守《まも》りをひっこめてしまった。

翔子《しょうこ》は、とことんわたしを追《お》いつめるつもりだ。なんでわたしが、そこまでやられなきゃならないの？　わたしはぜんぜん悪《わる》くないのに。

なにかが足《あし》もとからこみあげてくる。わたしは右のおく歯《ば》をかみしめた。あっというまに体《からだ》じゅうが、翔子《しょうこ》への怒《いか》りでいっぱいになった。そして全身《ぜんしん》がぶるぶるっとふるえた。こわいからじゃない。くやしいからだ。

こんないやがらせに負《ま》けたくない！　翔子《しょうこ》の思《おも》いどおりにはなりたく

ない。お守《まも》りなんかなくたって、探知機《たんちき》も除霊機《じょれいき》もなくたって、わたしひとりでいってやる！

わたしは両手《りょうて》のこぶしをにぎりしめ、口《くち》をぎゅっとむすんで気合《きあ》いをいれた。


とうとう、わたしの番《ばん》がきた。

出入《でい》り口《ぐち》に立《た》っている先生《せんせい》が「ひとりでだいじょうぶ？」ときいてくれたけど、わざと無視《むし》して家庭科室《かていかしつ》を出《で》た。今《いま》さら、おそいよ。

まっ暗《くら》な廊下《ろうか》を、わたしはひとりぼっちで東階段《ひがしかいだん》にむかった。家庭科《かていか》室《しつ》で順番《じゅんばん》を待《ま》つみんなのざわめきも、だんだん遠《とお》くなる。

タトッ、タトッ、タトッ……。

わたしの足音《あしおと》だけが、やけにひびく。この廊下《ろうか》、こんなに長《なが》かったかな？　知《し》らないところを歩《ある》いているみたい。

すると階段《かいだん》のわきの昇降口《しょうこうぐち》に、不気味《ぶきみ》な緑色《みどりいろ》の光《ひかり》が見《み》えた。なんだろう、と思《おも》ったら、非常灯《ひじょうとう》だった。

だけど、その非常灯《ひじょうとう》の下《した》にだれかいる。

うわあ、いやだなあ。でも階段《かいだん》をのぼらなきゃならない。わたしは体《からだ》をこわばらせながら近《ちか》づいた。

すると、

「栞《しおり》ちゃん、ごめん」

だれかがしゃべった。

「おそくなってごめん。完成《かんせい》したよ」

航《わたる》さんだ。

わたしは止《と》めていた息《いき》をふうっとはきだした。航《わたる》さんは黒《くろ》っぽいT《ティー》シャツを着《き》て、アンテナのついた四角《しかく》い機械《きかい》を持《も》っている。

「とちゅうで部品《ぶひん》が足《た》りなくなって、さっき、やっと完成《かんせい》したんだ」

非常口

「もう、おそすぎるよ。きもだめしはじまってるんだよ！」

わたしはおもいっきり責《せ》めた。でも本当《ほんとう》は、泣《な》きたいくらいうれしかった。

「そうか、操作方法《そうさほうほう》を説明《せつめい》するひまはないな。じゃ、いっしょに歩《ある》いて使《つか》いながら説明《せつめい》するよ」

そういいながら、航《わたる》さんはくつをぬぎはじめた。

「ええっ。でも、だれかに見《み》られたら？」

「もしだれかに見《み》られたら、あとでこういえばいいよ。『本当《ほんとう》にそんな人見《ひとみ》えたの？　わたしはずっとひとりだったけど』って。ここには幽霊《ゆうれい》がいるかもしれないんだろ」

あ、そうか。航《わたる》さんが幽霊《ゆうれい》だったってことにすればいいんだ。さすが、頭《あたま》いい。

そんな航《わたる》さんといっしょに、わたしは階段《かいだん》をのぼった。

二階《かい》のおどりばまで行《い》くと、掃除用具《そうじようぐ》いれのロッカーがガタガタと鳴《な》りはじめた。用心《ようじん》しながらおどりばを通《とお》り過《す》ぎた直後《ちょくご》、いきなりロッカーの戸《と》が開《あ》いて、

「うおおおーっ」

となにかが飛《と》び出《だ》した。びっくりしたわたしは「ひいっ」といって、一気《いっき》に階段《かいだん》をかけあがった。航《わたる》さんもいっしょにかけあがる。

三階《がい》からおどりばを見《み》おろすと、黒《くろ》いずきんにマント姿《すがた》のお化《ば》けがいた。顔《かお》はガイコツで、長《なが》い草《くさ》かりがまを持《も》ち「死《し》に神《がみ》だあ」と低《ひく》い声《こえ》でうなっている。あの声《こえ》はＰＴＡ会長《ピーティーエーかいちょう》さんだ。はりきってがんばってる。死《し》に神《がみ》は、わたしたちが通《とお》りすぎてしまうと、またもぞもぞとロッカーにもどった。

わたしたちも次《つぎ》へ進《すす》む。

三階《がい》の廊下《ろうか》はまっ暗《くら》で、まるで、どこか知《し》らない世界《せかい》につながってい

るみたいだった。それに、しいんと静《しず》かで、さびしい空気《くうき》も感《かん》じる。

明《あ》かりは、懐中電灯《かいちゅうでんとう》一本《ぽん》と幽霊探知機《ゆうれいたんちき》の豆電球《まめでんきゅう》みたいな赤《あか》いランプだけ。

「半径《はんけい》十メートル以内《いない》に幽霊《ゆうれい》があらわれると、この赤《あか》いＬＥＤ《エルイーディー》が点滅《てんめつ》にかわる。点滅《てんめつ》の速《はや》さは二秒《びょう》に一回《かい》で、幽霊《ゆうれい》に近《ちか》づくほど速《はや》くなる。さらに二メートル以内《いない》に近《ちか》づくとブザーが鳴《な》り、一メートル以内《いない》では点滅《てんめつ》もブザーも止《と》まる」

「それで、もし幽霊《ゆうれい》がいたら？」

「そのときはこれだ」

航《わたる》さんがポケットからとりだしたのは、おもちゃの銃《じゅう》みたいなものだった。

「このスイッチを押《お》すと、磁場《じば》をかく乱《らん》する装置《そうち》が作動《さどう》する。そして幽《ゆう》霊《れい》がいやがる電波《でんぱ》はこっちのスイッチ。電波《でんぱ》の周波数《しゅうはすう》はこのダイヤルで調整《ちょうせい》できる。でもこわがることはないよ。なんでも観察《かんさつ》がだいじだからね」

航《わたる》さんがいっしょに来《き》てくれてよかった。こんなむずかしそうな機械《きかい》、わたしひとりでは動《うご》かせないと思《おも》う。

わたしたちはまず、図書室《としょしつ》でわたしあての封筒《ふうとう》をさがした。指令《しれい》は「理科室《りかしつ》のぞうきんをとってこい」だ。よりによって、理科室《りかしつ》。

そして、うわさの理科室《りかしつ》。

カビくさいような、なにかの薬品《やくひん》みたいなにおいがする。カエルを解剖《かいぼう》した標本《ひょうほん》も、ほこりをかぶったアンモナイトの化石《かせき》も、今夜《こんや》はすごく気《き》になる。人体模型《じんたいもけい》なんて、目《め》のところが落《お》ちこんでいてすごんでいるみたい。血管《けっかん》むきだしの腕《うで》が、今《いま》にも動《うご》きだしそう。見《み》たくないのに、つい目《め》がいってしまう。

ピチャン。

そのとき、水《すい》てきの落《お》ちる音《おと》が理科室中《りかしつじゅう》にひびいた。わたしはびくっとなって、全身鳥肌《ぜんしんとりはだ》だらけになった。

な、なにかいるの？

もう、こんなところいやだ。わたしは流《なが》し台《だい》のひからびたぞうきんをつかむと、なにも見《み》ないように出口《でぐち》へ走《はし》った。

そしておそるおそる廊下《ろうか》からふりかえると、探知機《たんちき》をかかえた航《わたる》さんは、まだ理科室《りかしつ》の中《なか》にいる。どうか、赤《あか》いランプが点滅《てんめつ》しませんように！

どきどきしながら、わたしは航《わたる》さんを待《ま》った。

まもなく航《わたる》さんが出《で》てきて、

「理科室《りかしつ》には、いないね」

と落《お》ちついた声《こえ》でいった。わたしはほっとしてふうっと長《なが》い息《いき》をはいた。航《わたる》さんがそういうのだから、まちがいない。

なんだ、幽霊《ゆうれい》はいなかったんだ。

わたしは急《きゅう》に元気《げんき》がでてきた。あの話《はなし》、作《つく》り話《ばなし》だったのかな。指令《しれい》のぞうきんもとってきたし、あとは西階段《にしかいだん》をおりてゴールだ。ああ、よかった。やっと夏休《なつやす》みが平和《へいわ》になる。あしたからは、ヨルレンもしなくていい。

わたしたちは、ゴールへむかい、廊下《ろうか》を西《にし》へ進《すす》んだ。

それでも航《わたる》さんは、あいかわらず赤《あか》いランプを気《き》にかけている。真剣《しんけん》に、幽霊《ゆうれい》を探知《たんち》しようとしている。

一回《かい》ぐらい点滅《てんめつ》してくれないかな。せっかく航《わたる》さんが作《つく》ったんだから、なんにも反応《はんのう》しなかったらつまらないだろうな。

気持《きも》ちによゆうがでてきたからか、わたしはそんなことを願《ねが》ってしまった。

そのときだ。

赤《あか》いランプがゆっくりと消《き》え、ゆっくりと明《あか》るくなった。そしてまた、ゆっくりと消《き》えてゆっくり明《あか》るくなる。ここは三組《くみ》の教室《きょうしつ》。

う、うちのクラス？

お願《ねが》いっ。もう点滅《てんめつ》するの止《と》まって！　さっきのはとり消《け》し。止《と》まって。お願《ねが》いだから止《と》まって！

わたしは探知機《たんちき》にむかって必死《ひっし》に願《ねが》った。でも、点滅《てんめつ》は止《と》まらない。

「確実《かくじつ》な反応《はんのう》だ」

航《わたる》さんがいきいきしているのが声《こえ》でわかる。そしてためらうことなくまっ暗《くら》な教室《きょうしつ》に入《はい》り、アンテナを調節《ちょうせつ》しながら、机《つくえ》の間《あいだ》をうろうろしはじめた。

わたしもすぐあとにくっついた。こわくてたまらないけど、ひとりでいるよりはまし。

「よしっ、八メートル以内《いない》に近《ちか》づいた」

5年3組

暗《くら》やみの中《なか》、机《つくえ》の角《かど》にぶつかりながら、航《わたる》さんは慎重《しんちょう》に進《すす》んでいく。

そのとき、ひんやりした風《かぜ》を感《かん》じた。窓《まど》はしまっているのに。

点滅《てんめつ》が速《はや》くなる。

「六メートル」

「四メートル」

もういいよ。これ以上近《いじょうちか》づかないで。

ピーイイイッ！

ブザーが鳴《な》った。

二メートル以内《いない》に、幽霊《ゆうれい》がいる！

わたしは航《わたる》さんのうしろで頭《あたま》をかかえた。足《あし》がいうことをきかない。

体《からだ》が自分《じぶん》の体《からだ》じゃないみたい。

早《はや》く、早《はや》く除霊機《じょれいき》！　わたしは、航《わたる》さんが幽霊《ゆうれい》を追《お》いはらってくれるのをじっと待《ま》つしかなかった。

ところが航《わたる》さんは、信《しん》じられないことをいいだした。

「きみ、姿見《すがたみ》せられる？」

やめて、そんなの！　わたしはますます体《からだ》をちぢめて、ぎゅっと目《め》をつぶりつづけた。

すると、だれもいないはずなのに、はっきりと声《こえ》が聞《き》こえた。

「うん。だけど、ほかの人《ひと》にはないしょだよ。約束《やくそく》できる？」

「約束《やくそく》する」

航《わたる》さんがすこしだけ前《まえ》に動《うご》いた。そしてブザーが止《と》まった。

「どうしてここにいるの？」

航《わたる》さんの声《こえ》。

「なんか楽《たの》しそうだから。夏休《なつやす》みになったら、みんな学校《がっこう》に来《こ》なくてつまらなかったよ。でも今夜《こんや》は大勢《おおぜい》いるからうれしいな。ぼく、さびしがりやなんだ。ぼくが行《い》ってた学校《がっこう》は、三年前《ねんまえ》になくなっちゃったんだ。

だから転校《てんこう》してきたんだよ。幽霊《ゆうれい》になってからだけどね」

や、やっぱり、幽霊《ゆうれい》なんだ……。だけど声《こえ》のふんいきは三年生《ねんせい》くらいの男《おとこ》の子《こ》。校庭《こうてい》を元気《げんき》に走《はし》りまわっているような。

わたしはそうっと目《め》をあけてみた。

航《わたる》さんの腕《うで》のすぐむこうに、その子《こ》が見《み》える。まわりがぼーっとした青《あお》い光《ひかり》につつまれていて、なんとなく体《からだ》が透《す》けている。でもふつうの男《おとこ》の子《こ》だ。髪《かみ》は短《みじか》くて水色《みずいろ》と白《しろ》の横《よこ》じまのシャツを着《き》ている。机《つくえ》の上《うえ》にこしかけ、両足《りょうあし》をぶらぶらさせている。

わたしは航《わたる》さんのうしろから顔《かお》だけ出《だ》し、おもいきってきいてみた。例《れい》のうわさのこと。

「理科室《りかしつ》の幽霊《ゆうれい》はあなたですか？　塩酸《えんさん》を飲《の》んで死《し》んだって聞《き》いたんですけど。あのう、あなたのせいで登校拒否《とうこうきょひ》になった人《ひと》、知《し》ってますか」

するとぼうっとした青《あお》い光《ひかり》が急《きゅう》にめらめらとおどりだし、男《おとこ》の子《こ》はみ

るみるふきげんになってしまった。

「ええっ？　ちがうよ。ぼくは海《うみ》でおぼれたんだ。それにぼく、だれもいじめたりしてないからね！」

ま、まずい。おこらせちゃった。敬語《けいご》使《つか》ったのに。わたしは頭《あたま》をひっこめ、すっかりかくれるように体《からだ》を丸《まる》くした。すると航《わたる》さんが、ふふっとわらいながらいった。

「理科室《りかしつ》の幽霊《ゆうれい》は、きっと作《つく》り話《ばなし》だよ。塩酸《えんさん》を飲《の》むなんてありえないよ。それに、登校拒否《とうこうきょひ》も幽霊《ゆうれい》のせいじゃないと思《おも》う。それよりきみ、名前《なまえ》なんていうの？」

「上野翼《うえのつばさ》」

「翼《つばさ》くんは、生《い》きてたら今《いま》いくつ？」

「二十歳《はたち》だよ。でも、あれからずっと八歳《さい》のままなんだ。だから、さびしいんだよ。ねぇお兄《にい》さん、ぼくと友《とも》だちになってくれる？」

「いいよ」

あまりにもふつうに航《わたる》さんがいったので、わたしはあぜんとした。いったいどういうつもりなの？　いくら観察《かんさつ》することがだいじだからって、幽霊《ゆうれい》と友《とも》だちになるなんて……。本気《ほんき》なの？

でも、おかげで翼《つばさ》くんは、すっかりきげんをなおしたみたいだ。まわりの青《あお》い光《ひかり》が、ほわほわっとやわらかい感《かん》じになってきた。

するとそのとき、

「ねえ、お姉《ねえ》さんは？」

いきなり翼《つばさ》くんが目《め》の前《まえ》にあらわれたので、わたしはのけぞってしりもちをついた。

「友《とも》だちになってくれる？」

「わ、わたしは、こわがりやだから……」

……ムリ。ぜったいムリ。幽霊《ゆうれい》とは友《とも》だちになれない。

それでも翼《つばさ》くんは、ひとなつっこそうに、まだわたしを見《み》ている。そして、なにかいいことでも思《おも》い出《だ》したようにいった。

「ああ、お姉《ねえ》さんは絵《え》がじょうずな人《ひと》だ。ぼく、昼間《ひるま》よくこの教室《きょうしつ》にいるんだよ。このまえ、鳥《とり》の絵《え》描《か》いてたよね」

わたしは迷《まよ》いながらもうなづいた。見《み》られてたんだ、幽霊《ゆうれい》に。

そして翼《つばさ》くんが、ふんわりといすにこしかけると、かすかに海《うみ》のかおりがただよってきた。翼《つばさ》くんがすわってるのは、たしか翔子《しょうこ》の席《せき》。

「あの絵《え》、ぼく好《す》きだよ。見《み》てると鳥《とり》になったみたいな感《かん》じがするんだ。空《そら》を飛《と》んでるときの気《き》持《も》ち、よくわかるなあって思《おも》ったんだ」

翼《つばさ》くんは、日焼《ひや》けしたまあるい顔《かお》で、目《め》がくりくりしている。やんちゃだけど正直者《しょうじきもの》って感《かん》じだ。その翼《つばさ》くんがすごいなあって顔《かお》をしたので、わたしはちょっぴり得意《とくい》な気分《きぶん》になった。絵《え》をほめられると、ついうれしくなる。わたしは立《た》ち上《あ》がりながらいった。

「いっしょうけんめい想像《そうぞう》したの。もしも自分《じぶん》が鳥《とり》だったらって。わたし小《ちい》さいときから絵《え》を描《か》くのが好《す》きだったの。ひとりっ子《こ》だから、遊《あそ》ぶきょうだいもいないし。絵《え》を描《か》くときはね、いろいろ想像《そうぞう》して、そのものになりきって描《か》くの」

「ふうん、だからじょうずに描《か》けるんだね」

航《わたる》さんと翼《つばさ》くんは同時《どうじ》にそういった。それがおかしかったみたいで、おたがいに顔《かお》を見合《みあ》わせ、くくくっとわらった。そんなふたりが、まるで仲《なか》よしの同級生《どうきゅうせい》みたいに見《み》えて、わたしも思《おも》わずほほえんだ。

そのとき、廊下《ろうか》のほうから足音《あしおと》がした。

「だれか来《く》る。ぼくもう消《き》えるよ。ぼくのことだれにもいわないでね。約束《やくそく》だよ。幽霊《ゆうれい》のうわさがひろまって、除霊《じょれい》なんかされたらいやだからね。ぼく、この小学校《しょうがっこう》好《す》きなんだ……」

いい終《お》わらないうちに、翼《つばさ》くんは消《き》え、青《あお》い光《ひかり》もしぼんでいくように消《き》えた。

そしてまた、もとの暗《くら》やみだけになってしまった。

「次《つぎ》の人《ひと》たちが来《く》る前《まえ》に、行《い》こう」

航《わたる》さんにせかされて、わたしたちも教室《きょうしつ》を出《で》た。

西階段《にしかいだん》をおりながら、わたしはまだ夢《ゆめ》をみているみたいなふしぎな気《き》分《ぶん》だった。そんなわたしに、航《わたる》さんがきいた。

「幽霊《ゆうれい》、こわかった?」

「そんなには……っていうか、しゃべってるうちにこわくなくなった気《き》がする。だって、ふつうの男《おとこ》の子《こ》だった」

「そうだよ。幽霊《ゆうれい》はみんな、もともとふつうの人間《にんげん》なんだよ」

航《わたる》さんは、やさしい声《こえ》でそういった。

とうとう一階《かい》に着《つ》いた。ゴールの保健室《ほけんしつ》はすぐそこだ。

「じゃ、ぼくは帰《かえ》るよ」

探知機《たんちき》をかかえた航《わたる》さんは、するりと昇降口《しょうこうぐち》のほうへ行《い》ってしまった。

「あ、どうもありがとうございました」

わたしがあわててそういったとき、航《わたる》さんの姿《すがた》はもう見《み》えなかった。

今度会《こんどあ》ったら、ちゃんとお礼《れい》をいわなきゃ。

保健室《ほけんしつ》に入《はい》ると、ゴールしていたクラスの女子《じょし》がわたしをとりかこんだ。

「だいじょうぶ？　こわくなかった？」

「うん。そんなにこわくなかったよ」

わたしがそういうと、みんな「栞《しおり》ちゃんかっこいい」とほめてくれた。

ちゃんと心配《しんぱい》してくれてたんだ。

その夜《よる》、広《ひろ》い体育館《たいいくかん》に寝《ね》ぶくろを持《も》ちこんで、それぞれが好《す》きな場所《ばしょ》で寝《ね》た。三組《くみ》の女子《じょし》は、みんなで頭《あたま》を中心《ちゅうしん》にむけて、マーガレットみたいなお花《はな》の形《かたち》になった。翔子《しょうこ》とエリカちゃんだけは、トイレの近《ちか》くがいいといって、お花《はな》にはならなかった。

五　ふしぎなこと

次《つぎ》の日《ひ》、ちょっとふしぎなことがあった。

合宿《がっしゅく》が終《お》わって教室《きょうしつ》へ行《い》くと、翔子《しょうこ》がきんきんした声《こえ》でわめいていた。翔《しょう》子《こ》のいすに、だれかがこしかけたみたいな跡《あと》がついていて、そこがぐっしょりとぬれているそうだ。翔子《しょうこ》はだれがやったのかをつきとめようとしているのだが、だれもなんにも知《し》らないというので、いらいらしているみたいだ。

「のろわれてんじゃねえの？」

男子《だんし》がにやにやしながら、からかうようにいった。すると翔子《しょうこ》は、

「わたし、のろわれるようなことしてないから！」

といいかえしたが、こわばった顔《かお》でなみだ目《め》になっていた。クラスの

女子《じょし》はかかわりたくないという感《かん》じで遠《とお》まきに翔子《しょうこ》を見《み》ている。

わたしもじゃまにならないようにしながら、心《こころ》の中《なか》ではわらってしまった。ゆうべ、翼《つばさ》くんがすわっていたからだ。

そしてそのあと、もっともっとふしぎなことがあった。

わたしは航《わたる》さんにもう一度《ど》会《あ》って、ちゃんとお礼《れい》がいいたかった。だからママにたのんで、航《わたる》さんの住《す》んでるアパートを探《さが》してもらった。そうして航《わたる》さんのことを知《し》るほど、わからないことがふえはじめた。

航《わたる》さんは、本当《ほんとう》は「コウ」という名前《なまえ》で、住《す》んでいたのは、やはりあのアパートだった。

ただし、三年前《ねんまえ》まで。

三年前《ねんまえ》に、航《こう》さんは交通事故《こうつうじこ》で亡《な》くなっていた。生《い》きていれば二十歳《はたち》になるらしい。

じゃあ、あの航《わたる》さんはだれだったの？　わたしは混乱《こんらん》しながらも、アパートを訪《たず》ねていって大家《おおや》のおばさんに会《あ》った。わけを話《はな》すと、おばさんは「わたしは航《こう》ちゃんの伯母《おば》なのよ」といって写真《しゃしん》を持《も》ってきてくれた。

外《そと》では、せみがじーんじーんと鳴《な》いていた。

大家《おおや》さんの家《いえ》の玄関《げんかん》で、一枚《まい》の写真《しゃしん》を見《み》せられた。色白《いろじろ》で眼鏡《めがね》をかけて、口《くち》もとをきゅっとむすんだ高校生《こうこうせい》が写《うつ》っている。

やっぱり航《わたる》さんだ。

頭《あたま》の中《なか》がごちゃごちゃごちゃのまま、わたしはじっと写真《しゃしん》を見《み》つめた。そんなわたしにおばさんは、こんなことをいった。

「航《こう》ちゃん、ソーラーカーの設計図《せっけいず》をなくして、落《お》ちこんだことがあったの。ごはんも食《た》べれないくらいがっかりしてね。だけど交番《こうばん》に行《い》ってみたら、とどいてたのよ。あなただったのね」

そういえば、あれは二年生《ねんせい》の春《はる》だった。航《わたる》さんと最初《さいしょ》に会《あ》ったあの道《みち》だった。よごれてへんな絵《え》って思《おも》ったけど、いっしょうけんめい描《か》いた感《かん》じがしたから、そのままにできなかった。

「航《こう》ちゃんね、栞《しおり》ちゃんていう子《こ》をさがして、お礼《れい》をしなきゃっていってたの。だけどその直後《ちょくご》に事故《じこ》で……」

声《こえ》をつまらせたおばさんは、涙《なみだ》をふたつぶこぼした。

でも、すぐ笑顔《えがお》になっていった。

「きっと今《いま》ごろ喜《よろこ》んでるわよ。お礼《れい》ができたから」

わたしの中《なか》で混乱《こんらん》していたものが、やっとつながりはじめた。

そのときわたしははっとした。航《わたる》さんの前《まえ》でひどいことをいってしまった。幽霊《ゆうれい》は気持《きも》ち悪《わる》いとか、いなくなればいいとか。

ごめんなさい。そんなことないです。

わたしは、写真《しゃしん》の航《わたる》さんを見《み》ながら、心《こころ》の中《なか》でなんどもあやまった。

そして、このことが航《わたる》さんに伝《つた》わるように、いっしょうけんめいお祈《いの》りするような気持《きも》ちでいった。

「航《わたる》さん、また会《あ》いにきてください。わたしこそお礼《れい》がいいたいんです。それに、幽霊《ゆうれい》だって、もうこわくないから」

●この本の文をかいた人

野泉　マヤ（のいずみ　まや）

1966年、茨城県に生まれる。本名、畠山京子。(株)京都科学勤務、高等学校教諭を経て、現在主婦。この作品で第26回福島正実記念SF童話賞の大賞を受賞。宮城県在住。

●この本の絵をかいた人

狩野　富貴子（かりの　ふきこ）

1945年、高知県に生まれる。広告関係の仕事を経て、絵本･さし絵の世界に入る。作品に、『ああ、保戸島国民学校』（文研出版）、『いっぱいのおめでとう』、『アヤカシ森からSOS！』（あかね書房）、『みんなだいじななかま』（金の星社）、『姥捨山』（ポプラ社）など多数。

きもだめし☆攻略作戦　〈いわさき創作童話〉49　**NDC** 913

発行日　2009年9月30日　第1刷発行
2010年5月20日　第2刷発行

作　野泉　マヤ

絵　狩野　富貴子

発行者　黒田丈二　編集　大塚奈緒

発行所　株式会社岩崎書店

東京都文京区水道1の9の2　〒112－0005

☎03－3813－5526（編集）03－3812－9131（営業）

振替 00170－5－96822

印刷　三美印刷株式会社

製本　株式会社若林製本工場

Published by IWASAKI Publishing Co., Ltd. Printed in Japan

ISBN978-4-265-02849-8

岩崎書店ホームページ　http://www.iwasakishoten.co.jp

ご意見ご感想をお寄せ下さい。e-mail : hiroba@iwasakishoten.co.jp

落丁本・乱丁本はおとりかえいたします。